SAMMY :
LES GORILLES ET
LE ROI DOLLAR

DE BERCK ET CAUVIN

Sammy :

CHEZ DUPUIS

DEUX HISTOIRES DE GORILLES 1972
BON VIEUX POUR LES GORILLES ET
ROBOTS POUR LES GORILLES 1973
RHUM ROW 1973
EL PRESIDENTE 1974
LES GORILLES MARQUENT DES POINGS ET
GORILLES ET SPAGHETTI 1974
LE GORILLE A HUIT PATTES 1975
LES GORILLES FONT LES FOUS 1975
LES GORILLES AU PENSIONNAT 1976
LES GORILLES ET LE ROI DOLLAR 1977
LES PETROLEURS DU DÉSERT 1977
NUIT BLANCHE POUR LES GORILLES 1977
DEUX HISTOIRES DE GORILLES 1978
L'ELIXIR DE JEUNESSE 1979
LE GRAND FRISSON 1980
LES GORILLES MARQUENT UN BUT 1981
LES GORILLES A HOLLYWOOD 1982
KU-KLUX-KLAN 1983
LES BÉBÉS FLINGUEURS 1983
PANIQUE AU VATICAN 1984
EN PISTE, LES GORILLES 1985
MA ATTAWAY 1985
MISS KAY 1986

BERCK / CAUVIN

Sammy

LES GORILLES ET LE ROI DOLLAR

DUPUIS

Maquette et adaptation graphique : Air Studio

Avant le succès de Sulitzer et de Wall Street, Sammy et son boss Jack Attaway, sont confrontés à l'empire du roi dollar et de sa corruption. A New-York, tout s'achète : l'amitié, la puissance, le respect, tout... sauf le dollar. Sur les traces des Incorruptibles, Sammy s'attaque avec humour à la pègre et à la corruption durant la prohibition.

Gags et rebondissements garantis.

Berck, de son vrai nom, Arthur Berckmans, est né le 3 mai 1929 à Louvain (Belgique). Il a créé de nombreux héros de bande dessinée avec des scénaristes prestigieux : Strapontin (avec Goscinny) en 1959, Capitaine Mulligan (avec Macherot et Delporte) et Sammy Lou (avec Cauvin) en 1969. Son talent a fait le bonheur des magazines pour enfants des années 60 et 70 : TINTIN, EPPO ou SPIROU, auxquels il collabore toujours.

Raoul Cauvin est né à Antoing (Belgique) le 26 septembre 1938. C'est en 1960 qu'il entre aux éditions Dupuis comme lettreur, puis comme cameraman au studio de dessin animé de la maison. Il débute dans la bande dessinée comme auteur en 1968 avec Les Naufragés dessinés par Bretecher. En 1969, il créera ses séries vedettes : Les tuniques Bleues, dessinées tout d'abord par Salve et reprise à sa mort par Lambil, et Sammy avec Berck. Il animera de multiples héros parmi lesquels Boulouloum et Guiliguili (avec Mazel), Le Vieux Bleu (avec Walthéry), Pauvre Lampil (avec Lambil), L'agent 212 (avec Kox) et Pierre Tombal (avec Hardy).

ET LA
DEMAN
DE LE
SAMMY

CHAINE FOIS, C'EST AVANT ER ENTRER !
POUVAIS PAS PRÉVOIR, PATRON.
BERCK.71

Raoul Cauvin : qui est Sammy ?
– Un gorille parmi les autres.
– Et Berck ?
– Un dessinateur flamand.
– Que représente le dollar pour vous ? L'argent compte-t-il dans votre vie ?
– Le dollar... Un machin qui a des hauts et des bas. L'argent... Du moment que j'ai le nécessaire.
– L'argent compte dans votre œuvre ?

– Il est à la base de chaque histoire.

– Berck est né le 3 mars 1929, l'année du grand crash de Wall Street. Enfin, du premier grand crash boursier (le record a été battu depuis). Coïncidence ? Prédestination ? Influence astrale ? Gag ?

– Adressez-vous directement aux géniteurs. Ils sont mieux placés que moi pour répondre à cette troublante question.

– En tout cas, on ne peut pas vous accuser d'avoir choisi un sujet à la mode, l'album est paru voilà une quinzaine d'années de cela. Comment le public a-t-il réagi alors ?

– Très bien !

– Et la censure ? Le dollar était encore tabou en 1974 ?

– Pas le dollar, mais la corruption, oui ! L'album a été interdit pendant plusieurs années en France.
– On croit rêver...
– À qui le dites-vous !

– Pensez-vous que l'argent avilisse l'homme ?
– Et la femme alors ?
– Qu'il l'embellisse ?
– Sûrement pas ou alors je ne gagne pas assez.
– Qu'il l'enrichisse ?
– En principe, c'est fait pour ça.
– Et Dieu dans tout ça ?
– Il attend au tournant.
– Vous avez lu Les Incorruptibles ?
– Oui.
– Cela vous a-t-il influencé ? En bien ? En mal ? (Parlez, n'ayez crainte).
– En bien.
– Et Dieu dans tout ça ?
– Il m'attend au tournant.
– La vie, la mort, l'argent ?
– On essaie d'avoir beaucoup du troisième entre la première et la seconde.
– À propos, vous placez l'argent de vos droits d'auteur en bourse ?
– Je n'ose pas.
– Durant la prohibition, auriez-vous fraudé ?
– Non.
– Vraiment ? (Parlez, n'ayez crainte).
– Ben...
– Et Dieu ? Vous y pensez souvent ?
– Souvent.
– Plus qu'à l'argent ?
– Nooon...

LE DOLLAR... LA HIDEUSE PUISSANCE DU DOLLAR ÉCRASAIT TOUTE LA VILLE. DANS TOUS LES MILIEUX, À TOUS LES MOMENTS, LE DOLLAR FAISAIT SENTIR SA MAUVAISE ODEUR ; TOUT S'ACHETAIT : L'AMITIÉ, LA PUISSANCE, LE RESPECT, TOUT... SAUF LE DOLLAR.
MARS
SHOE

LA CORRUPTION RÉGNAIT PARTOUT...
PARDON, MONSIEUR L'AGENT, POURRIEZ-VOUS M'INDIQUER OÙ SE TROUVE LA NEUVIÈME AVENUE S'IL VOUS PLAÎT ?
QU'EST-CE QUE J'EN SAIS ?... EN SCANDINAVIE. PEUT-ÊTRE ...
ET POUR CINQ DOLLARS ?!
CONTINUEZ TOUT DROIT, PUIS PRENEZ LA DEUXIÈME À GAUCHE ET LA SIXIÈME À DROITE. APRÈS VOUS VOUS DÉBROUILLEREZ OU C'EST CINQ DOLLARS DE PLUS...
BANG
AAAAAAH!..

VOILA' CE QUI ARRIVE QUAND ON BRÛLE UN FEU ROUGE !!...
ASSASSIN !
TUEUR A' GAGES !
AH ! BRAVO !... VOTRE COMPTE EST BON ...?...
EUH...
A' PROPOS DE COMPTE, MONSIEUR L'AGENT, DITES-MOI COMMENT SE COMPORTE LE VÔTRE ?
IL SOUFFRE ! IL GÉMIT ! IL GEINT !

OH ! LE PAUVRE PETIT ! TENEZ... J'ESPÈRE QUE CECI LUI RAMÈNERA UN PEU DE BONHEUR...
AJOUTEZ DEUX ZÉROS, ET IL SERA COMBLÉ !
MINCE !... ON PEUT DIRE QUE VOUS Y ALLEZ RONDEMENT EN AFFAIRES, VOUS !
TOUJOURS QUAND IL S'AGIT D'AIDER CEUX QUI SOUFFRENT.
BON. PASSONS AUX CHOSES SÉRIEUSES, À PRÉSENT...
POURRIEZ-VOUS M'EXPLIQUER CE QUE VOUS FAITES LÀ, COUCHÉ BÉATEMENT ?... VOUS CHERCHEZ DES PÂQUERETTES ENTRE LES PAVÉS, SANS DOUTE ?
MAIS... MAIS JE VIENS D'ÊTRE RENVERSÉ PAR UNE VOITURE !...
SI VOUS NE DÉGUERPISSEZ PAS SUR-LE-CHAMP, JE VOUS COLLE UNE CONTRAVENTION POUR IVRESSE SUR LA VOIE PUBLIQUE !...
ALLEZ, HOP !... DU BALAI !
VROOOOOO

LE PIRE DANS CET ÉTAT DE CHOSES C'ÉTAIT QUE LA CORRUPTION ATTEIGNAIT TOUS LES ÉCHELONS
SI C'EST PAS MALHEUREUX DE SE METTRE DANS UN ÉTAT PAREIL !...
SACHEZ, MONSIEUR L'AGENT, QUE CE MONSIEUR EST JUSTEMENT LE PRÉSIDENT DE LA LIGUE ANTI-ALCOOLIQUE !
RAISON DE PLUS !
BRAVO, SERGENT MAC CLAY !... ON SE LAISSE CORROMPRE, À PRÉSENT ? NE DISCUTEZ PAS, JE VOUS AI VU !
MON... MONSIEUR L'INSPECTEUR PRINCIPAL ! QU... QUELLE BONNE SURPRISE !?...
ON... ON PEUT PEUT-ÊTRE S'ARRANGER... EH EH... QUARANTE POUR CENT, ÇA VOUS VA, HUM ? NON !? ...FIFTY-FIFTY ? ...NON ?
QUATRE-VINGT-DIX POUR CENT ?...
ÇA COLLE !
MALHONNÊTE, VA !

ELLE RÉGNAIT DU PLUS PETIT...
SALUT !
BONJOUR, M'SIEUR L'INSPECTEUR !
VOILA' ! VOILA' !
DRIIING DRIIING
JUSQU'AU PLUS HAUT ÉCHELON.
ALLO!? ... AH ! C'EST VOUS, MONSIEUR LE SÉNATEUR... QUE PUIS-JE FAIRE POUR VOTRE SERVICE ?
34
DEMAIN VERS QUATRE HEURES, ÉVITEZ D'ENVOYER DES HOMMES AU QUARTIER BROWINKLANG !... MONSIEUR LUCIANO ATTEND UN "CONVOI" !... VOUS ME COMPRENEZ, INSPECTEUR ?
PARFAITEMENT, MONSIEUR LE SÉNATEUR !

VOILA', MESSIEURS ! TOUT EST EN ORDRE !... LE SECTEUR SERA DÉSERT !... VOUS POURREZ Y EMMENER TOUT L'ALCOOL QUE VOUS VOUDREZ !
O.K., SÉNATEUR !... VOILA' DÉJA' UNE AVANCE POUR VOS SERVICES. VOUS TOUCHEREZ LE RESTE APRÈS LA LIVRAISON ... SI TOUT S'EST BIEN PASSÉ !...
TOUT SE PASSERA BIEN !... AUCUN POLICIER N'OSERAIT DÉSOBÉIR ... JE LE BRISERAIS AUSSITÔT ...
OUAIP ! MAIS ON NE SAIT JAMAIS ! TCHAOOO !
SEULS DANS CE MILIEU POURRI, QUELQUES RARES HOMMES ÉTAIENT RESTÉS LOYAUX ET PURS... LEUR TÂCHE N'ÉTAIT PAS FACILE... ILS ÉTAIENT BRIMÉS, HUMILIÉS, MAIS ILS ÉTAIENT TENACES ET ILS CONTINUAIENT A' COMBATTRE POUR UN IDÉAL DE JUSTICE. QUI, PARMI TANT D'AUTRES, N'A PAS CONNU ELIOTT NESS ?...

NOTEZ QU'IL N'Y A PAS EU QU'ELIOTT NESS !.. TIENS, VOUS RAPPELEZ-VOUS CLAY ANDERSON ?
MAIS ENFIN, POURQUOI NOUS ?.. VOUS AVEZ AUTANT D'HOMMES QUE VOUS LE DÉSIREZ POUR LUTTER CONTRE LA PROHIBITION !..
OFFICE
OUAIP ! SEULEMENT, CEUX QUI LES COMMANDENT SONT CORROMPUS JUSQU'À LA MOELLE DES OS !.. SI ON BOUGE SEULEMENT LE PETIT DOIGT, ON SE RETROUVE AGENT DE LA CIRCULATION OU AU CHÔMAGE !
BON ! ALORS DITES-NOUS CE QUE VOUS ATTENDEZ DE NOUS ?
MON PLAN EST SIMPLE !.. PETIT A : VOUS N'ÊTES PAS DE LA POLICE, DONC VOUS AVEZ LES MAINS LIBRES ! LE HIC LÀ-DEDANS, C'EST QUE VOUS NE CONNAISSEZ PAS LES TUYAUX DONT JE DISPOSE ...
O.K. !... PETIT B ?

MOI, JE SUIS DE LA POLICE, DONC J'AI LES MAINS LIÉES ! PAR CONTRE, J'AI TOUS LES RENSEIGNEMENTS DÉSIRÉS POUR CONTRER TOUTE CETTE CANAILLE.
ON FAIT PACTE ENSEMBLE !... JE VOUS FOURNIS LES TUYAUX, VOUS AGISSEZ ! VU ?...
ALORS ?...
PARFAIT ! MAIS QUI C'EST QUI VA NOUS PAYER LES MENUS FRAIS DE NOS EXPÉDITIONS, HEIN, QUI C'EST ?
4A
A LA GUERRE COMME A LA GUERRE !.. SERVEZ-VOUS SUR PLACE ! JE SUIS INCAPABLE DE VOUS PAYER DE MA POCHE !
O.K. ! ÇA DEVIENT RENTABLE !.. ÇA ME PLAÎT, P'TIT ! ET TOI ?
JE ME TÂTE ...
ENCORE UN MOT !... JE NE VOUS CONTACTERAI QUE PAR TÉLÉPHONE ! C'EST PLUS PRUDENT. EN CAS DE PÉPIN, FAITES-EN AUTANT !
IL NE FAUT PAS SE VOIR, ÇA LEUR METTRAIT LA PUCE À L'OREILLE !
À QUI ?
À TOUS LES FAUX JETONS QUI NOUS ENTOURENT, ET À CELUI QUI LES PROTÈGE : LE SÉNATEUR DOUGLAS HAWOMING !
UN SÉNATEUR ? MINCE !
QUAND COMMENÇONS-NOUS ?

A' L'INSTANT ! VOICI VOTRE PREMIÈRE MISSION ! ADIEU, LES GARS, ET BONNE CHANCE !
DEMAIN, QUARTIER BROWINKLANG !... INTERCEPTER CONVOI D'ALCOOL ! BIEN !... PAAARFAIT RIEN A' DIRE, P'TIT ?
RIEN A' DIRE, PATRON !
O.K. ! ALORS ALLONS-Y
LE LENDEMAIN A' L'HEURE DITE
TOUT A L'AIR CALME !
POUR ÇA, ON PEUT FAIRE CONFIANCE A' LUCIANO !... IL A LE SÉNATEUR DANS SA POCHE !

HÉ ! HO !... ATTENTION !! ...
QUEL EST L'IMBÉCILE QUI S'EST AMUSÉ À METTRE CES BIDONS D'HUILE SUR LA ROUTE !?
J'AIME PAS ÇA HOWARD !
T'INQUIÈTE PAS. JE TE DIS QU'IL N'Y A PAS UN SEUL POULET À DES LIEUES À LA RONDE !
N'EMPÊCHE J'AIME PAS ÇA !

BAÔM

?!!

PEU APRÈS...
J'EN CONNAIS UN QUI NE VA PAS ÊTRE CONTENT QUAND ON VA LUI ANNONCER LA PERTE DE LA MARCHANDISE !!
TU CROIS QUE ÇA VAUT LA PEINE DE LE LUI DIRE ?... IL LE VERRA BIEN TOUT SEUL ...

JUSTE AVANT L'EXPLOSION JE ME SUIS RAPPELÉ LES PAROLES D'ANDERSON, ET JE ME SUIS OFFERT UNE BOUTEILLE DE BRANDY. QU'EST-CE QUE TU DIS DE ÇA, P'TIT ?
EXCELLENTE IDÉE, PATRON !.. SI ON ALLAIT LA DÉGUSTER EN ATTENDANT LE PROCHAIN COUP DE TÉLÉPHONE ?
... ET TOUT UN CHARGEMENT D'ALCOOL ANÉANTI !.. PLUS UN CAMION !.. IL N'Y A MÊME PLUS ASSEZ DE PIÈCES POUR CONSTRUIRE UNE TROTTINETTE !...
JE NE COMPRENDS PAS...
ET VOUS ÊTES CERTAIN QU'IL NE S'AGIT PAS D'UNE BANDE RIVALE ?
IMPOSSIBLE ! PERSONNE N'OSERAIT M'AFFRONTER ! JE SUIS LE SEUL MAÎTRE DE CETTE VILLE !...
SEULS VOUS ET VOS HOMMES ÉTIEZ AU COURANT DE L'EXISTENCE DE CE CONVOI !...

JE RÉPONDS DE MES HOMMES !... ILS SONT AUSSI MALHONNÊTES QUE MOI !
OUAIP ! PEUT-ÊTRE BIEN, MAIS FAIS GAFFE !... ENCORE UN COUP COMME CELUI-LÀ, ET TA COTE VA FORT BAISSER !... COMPRIS, SÉNATEUR ?
MONSIEUR LE SÉNATEUR !
L'AUTRE CONVOI PARTIRA DANS DEUX HEURES ! N'OUBLIE PAS CE QUE JE T'AI DIT ! TCHAO !
VLAM
GROSSIERS !
ALLO !? HEIN ?... CE N'EST PAS POSSIBLE, MONSIEUR LE SÉNATEUR !... NOUS N'AVONS ENVOYÉ AUCUN HOMME DANS CE SECTEUR !... MAIS ...MAIS QUI, MONSIEUR LE SÉNATEUR ? ... BIEN, MONSIEUR LE SÉNATEUR.

EH !... LUCIANO FAIT REVENIR UN NOUVEAU CHARGEMENT D'ALCOOL DE NEW YORK !... LE SÉNATEUR DEMANDE DEUX GARS DE CHEZ NOUS POUR L'ESCORTER !
HEIN ?!..
CHIEF
D'ACCORD QU'IL NOUS PAIE POUR FERMER LES YEUX SUR SON TRAFIC, MAIS DE LÀ À L'ESCORTER, AH ! NON, ALORS !!
D'AILLEURS, VENDRE DE L'ALCOOL N'EST PAS LÉGAL !!
CHIEF
LE SÉNATEUR SE FICHE DE CE QUI EST LÉGAL OU PAS !... IL Y A BELLE LURETTE QU'IL A REMPLACÉ LE GLAIVE DE LA JUSTICE PAR UNE LIASSE DE DOLLARS !... ET SI VOUS TENEZ UN TANT SOIT PEU À VOTRE SITUATION, JE VOUS CONSEILLE DE NE PAS TROP DISCUTER !
?!

TROUVEZ-MOI DEUX GARS SANS SCRUPULES !... CE N'EST PAS ÇA QUI MANQUE ICI !
VOUS DÉRANGEZ PAS, PATRON ! J'Y VAIS !
DRIIIIING
DRIIIING
T'ES UNE VRAIE MÈRE POUR MOI, P'TIT !
NOUS LES ATTENDRONS HORS DE LA VILLE... JE CONNAIS UN COIN AU POIL POUR CE GENRE DE BOULOT ..
O.K. ! PATRON !

UN PEU PLUS TARD...
VROOOOOOM
AH ! JE CROIS QU'ILS ARRIVENT...
DÉJÀ ?
DÉVIATION
C'EST BIEN NOTRE VEINE !!

VROOOO
VROOOO
VROOOOO

VA MOINS VITE, FREDDY !... ILS NE PARVIENNENT PAS A' NOUS SUIVRE ...
EH BEN ?... OÙ RESTENT-ILS ?
?
ÇA Y EST ! LES VOILA' !
EN ROUTE

?!?
PANORAMA
STOP!
QU'EST-CE QUE ÇA VEUT DIRE ?

VROOOOO
STOP! STOP!!
MAIS !? MAIS??
PA

OUÂÂÂÂH

TSK TSK
TSK TSK !
KRAAK
BOOM
ATTENTION
CHUTE
DE PIERRES

ALLEZ SOYEZ GENTIL, LÂCHEZ CETTE MOTO...
NAN... NAN...
REGARDEZ, IL Y EN A UN AUTRE QUI EST RESTÉ ACCROCHÉ LÀ-HAUT !
ALLEZ ME CHERCHER UN FUSIL !
JE ROULAIS CALMEMENT ET SOUDAIN J'ENTENDS UN GRAND BÔM! JE ME RETOURNE ET JE VOIS UN MOTARD DANS MON MOTEUR...
FRANCHEMENT, JE N'Y COMPRENDS RIEN !
MOI NON PLUS ! ...

FRANCHEMENT, JE N'Y COMPRENDS RIEN !
MOI NON PLUS !... L'ESCORTE À L'HÔPITAL, L'ALCOOL DANS LA NATURE, ET LE CAMION...
... ET LE CAMION...?!
REVENDU POUR DEUX CENTS DOLLARS À UN MARCHAND DE FERRAILLE !
10A
JE NE VOIS QU'UNE SOLUTION !... PUISQU'ON M'EMPÊCHE DE FAIRE VENIR L'ALCOOL, JE VAIS LE FABRIQUER ICI !... MAIS POUR CELA, IL ME FAUDRAIT UN ENDROIT QUI PASSERAIT INAPERÇU...
J'AI CE QU'IL VOUS FAUT...

C'EST UN VIEUX MONASTÈRE DÉSAFFECTÉ !... IL SE TROUVE DANS UN ENDROIT ISOLÉ, À L'ÉCART DE TOUTE HABITATION ! PERSONNE NE SOUPÇONNERA JAMAIS VOTRE PRÉSENCE LÀ-BAS !
PARFAIT !
STAR
QU'EST-CE QUE VOUS DITES DE ÇA ?
ÇA M'A L'AIR O.K. !... DÈS DEMAIN, ON EMMÉNAGE AVEC TOUT LE MATÉRIEL !

QUELQUES JOURS PLUS TARD...
HAHAHA !... VOUS NE DEVINEREZ JAMAIS OÙ LUCIANO A PLANQUÉ SA DISTILLERIE CLANDESTINE, LES GARS !...
MAISON-BLANCHE ?
PIRE QUE ÇA ! DANS UN MONASTÈRE ! ..ET LE PLUS MARRANT, C'EST QUE TOUS LES TRUANDS SE SONT DÉGUISÉS EN MOINES, HISTOIRE DE FAIRE BIEN DANS LE DÉCOR !
NON ?!
COMME JE VOUS LE DIS !
MAIS QU'EST-CE QU'ON ATTEND POUR INTERVENIR ?... ALLONS-NOUS CONTINUER LONGTEMPS À LES LAISSER ENFREINDRE LA LOI ET À SE FICHE DE NOUS ?
CALME-TOI, ANDERSON !... TU SAIS BIEN QUE TANT QU'ILS SONT COUVERTS PAR LE SÉNATEUR HAWOMING, NOUS NE POURRONS RIEN FAIRE !

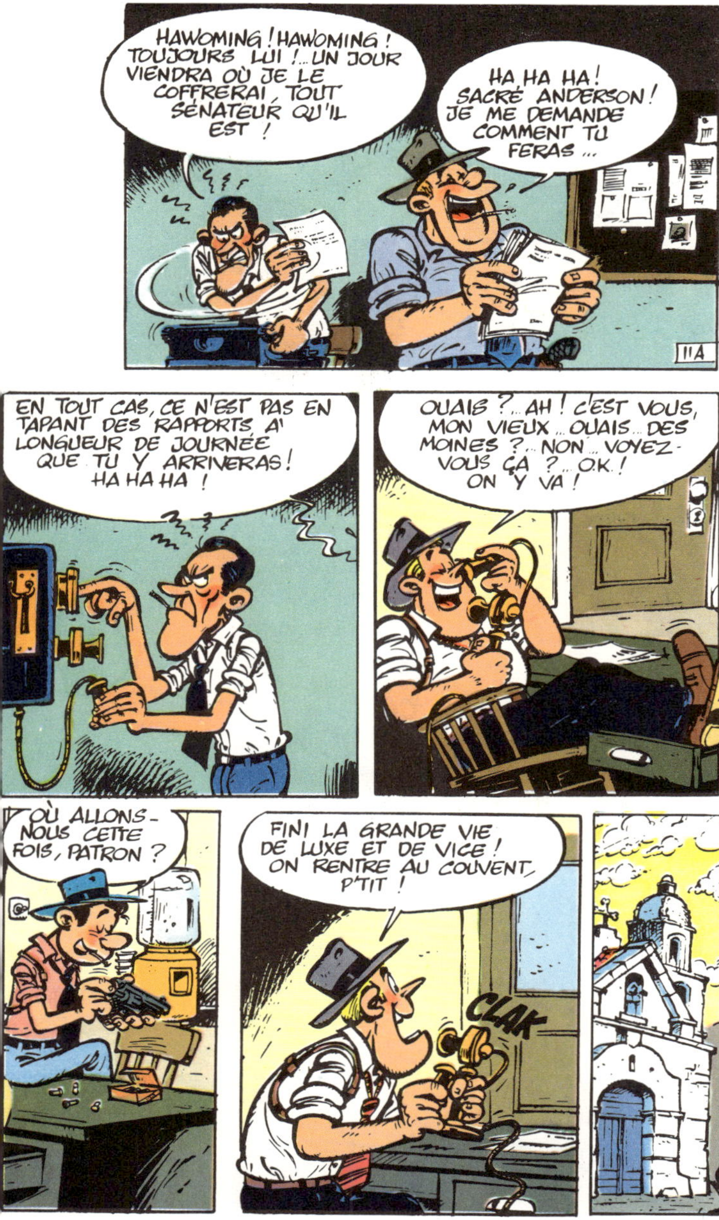
HAWOMING ! HAWOMING ! TOUJOURS LUI !... UN JOUR VIENDRA OÙ JE LE COFFRERAI, TOUT SÉNATEUR QU'IL EST !
HA HA HA ! SACRÉ ANDERSON ! JE ME DEMANDE COMMENT TU FERAS...
11A
EN TOUT CAS, CE N'EST PAS EN TAPANT DES RAPPORTS À LONGUEUR DE JOURNÉE QUE TU Y ARRIVERAS ! HA HA HA !
OUAIS ?... AH ! C'EST VOUS, MON VIEUX... OUAIS... DES MOINES ?... NON... VOYEZ-VOUS ÇA ?... O.K. ! ON Y VA !
OÙ ALLONS-NOUS CETTE FOIS, PATRON ?
FINI LA GRANDE VIE DE LUXE ET DE VICE ! ON RENTRE AU COUVENT, P'TIT !
CLAK

BEAUCOUP PLUS TARD...
BOM BOM
OUAIS OUAIS !... ON VIENT !

QU'EST-CE QUE...!? MAIS QUI ÊTES-VOUS ?
DES ENFANTS DE DIEU COMME VOUS, MON FILS... QUI VIENNENT VOUS DEMANDER ASILE ! OH ! POUR CETTE NUIT SEULEMENT...
AMEN !

BEN ?... POURQUOI N'ALLEZ-VOUS PAS EN VILLE !?... IL Y A UN TAS D'HÔTELS... TENEZ, J'EN CONNAIS UN DRÔLEMENT CHOUETTE ! JE VOUS DONNE L'ADRESSE...
TSSSK TSKK ! MON FILS !... OUBLIEZ-VOUS QUI NOUS SOMMES !?
LE SEUL AUTEL QUI NOUS INTÉRESSE EST CELUI DE DIEU, MON FILS !

HE, HOWARD ! IL Y A DEUX MOINES QUI VIENNENT D'ARRIVER... DEUX VRAIS !
PLAYBOY
ET LE PIRE, C'EST QU'ILS VEULENT CÉLÉBRER UNE MESSE EN NOTRE HONNEUR POUR NOUS REMERCIER DE LES LOGER CETTE NUIT.
T'ES PAS FOU ! C'EST JUSTEMENT DANS LA CHAPELLE QU'ON DISTILLE !!
OUAIP ! ÇA, JE LE SAIS ! MAIS EUX PAS !
HE, HOWARD, POURQUOI TU NE LES FICHES PAS DEHORS ?
ILS AURAIENT DES SOUPÇONS, ET J'AIME PAS ÇA !
DIS AUX AUTRES DE CAMOUFLER LE MATÉRIEL... JE VAIS M'OCCUPER D'EUX !
IZA

HALLELUIA ! HALLELUIA !... BIENVENUE PARMI NOUS, MES FRÈRES !
HALLELUIA !
GROUILLEZ-VOUS, LES GARS ! ILS ARRIVENT !
VENEZ, MES FRÈRES ! NOUS AVONS PRÉPARÉ L'AUTEL À VOTRE INTENTION !

EH !... OÙ QUE JE JETTE LES RÉSIDUS D'ALCOOL ?
OÙ TU VEUX, MAIS FAIS VITE !
LES VOILÀ !
AH, BON !
ENTREZ, MES FRÈRES...
SNIF ! SNIF ! ÉTRANGE EAU BÉNITE, MON FRÈRE !... ON DIRAIT... ON DIRAIT DU BRANDY !
EUH... HUM... RIEN N'EST TROP BEAU POUR LE SEIGNEUR !
HALLELUIA !

OH !?.. QU'EST-CE QUE C'EST ?
ÇA ? EUH... AH! OUI...
NOUS FABRIQUONS NOUS-MÊMES NOTRE VIN DE MESSE. EH... EH...
PAR HECTOLITRES ?.. PAR JÉSUS, VOUS DEVEZ EN CÉLÉBRER DES MESSES, ICI...
EH !?... MAIS QU'EST-CE QUE VOUS FAITES ?
NOUS ALLONS LE BÉNIR, MON FRÈRE...

EUH... VOUS... VOUS N'AVEZ PAS LE DROIT DE VOUS SERVIR DE CES ENGINS ICI !... CET ENDROIT EST SACRÉ. EH... EH...
AH OUI ?
CLIC
ALERTE !! CE SONT DES MOINES MALHONNÊTES !
BB

TAP TAP TAP TAP

CONTINUE LE TRAVAIL, P'TIT !... JE VAIS ESSAYER DE LES RETENIR ...
TAKATAKATAKATAKATAK
TAKATAKATAK
TU NE VAS TOUT DE MÊME PAS LES LAISSER TRANSFORMER NOTRE MATÉRIEL EN PASSOIRE ?!!
À CHOISIR ENTRE LE MATÉRIEL ET MOI, JE N'HÉSITE PAS !
14A

POUR ENTRER, ÇA A ÉTÉ RELATIVEMENT FACILE, P'TIT... MAIS POUR EN SORTIR, ÇA VA ÊTRE TOUT AUTRE CHOSE !
VOUS AVEZ DES ALLUMETTES ?
QUELS VANDALES !... TOUT NOTRE ALCOOL QUI S'EN VA DANS LES CATACOMBES !
SCHRITCHS
QU'EST-CE QU'ILS FONT ?

WHAM
ET À PRÉSENT, OÙ ALLONS-NOUS ?
DIEU NOUS GUIDERA, MON FRÈRE !
OH! NON !... NOOOON !!
TAKATAKAT
ILS ONT ENCORE FRAPPÉ !!
MAIS QUI ? QUI ?
CLAK

NOUS LE SAURONS BIENTÔT ! JE VOUS EN DONNE MA PAROLE !
ALLO, ALLO... "LE MOCCO" ? DIS À TOUS LES GARS DE SE TENIR SUR LEURS GARDES. IL Y A UNE BANDE DE CINGLÉS QUI NOUS ONT PRIS EN POINT DE MIRE !... FAIS REDOUBLER LA SURVEILLANCE DANS NOS SALLES DE JEUX, NOS BARS, ETC... !
ISA
À LA MOINDRE ALERTE, AVERTISSEZ-MOI !...
O.K., BOSS !
FAUT ÊTRE COMPLÈTEMENT SIPHONNÉ POUR S'ATTAQUER AU PATRON !... Y' EN A, J'VOUS JURE !
VLAN PAF BOM
?!

TAKATAKATAK...
KATAKA
EH ! OH ! PAS FOU ! ?
ENVOIE P'TIT !
J'ENVOIE PATRON !
PSCHHH
NÔN... NOOOON ! PAS ÇA !

WHAM
QUOI ? DÉJÀ ?
DRIIIING DRIIIING
ALLO ! OUAIS, LUCIANO À L'APPAREIL !... HEIN ? D'OÙ TÉLÉPHONES-TU ?
DE L'HÔPITAL, BOSS !... AUSSI VRAI QUE JE VOUS LE DIS... ILS ONT ATTAQUÉ NOTRE QUARTIER GÉNÉRAL... OUAIS... PAR SURPRISE...
OUAAAAAH

ALLO !? ALLO !?... QUE SE PASSE-T-IL ?... MAIS RÉPONDEZ, NOM DE NOM !!...
C'EST RIEN BOSS !... ON EST EN TRAIN DE OUI'E... M'EXTRAIRE QUELQUES ÉCLATS DE GRENADE !
PLUS TARD...
PAR ICI, MESSIEURS
HALTE !... FOUILLEZ-LES !
HA ! BRAVO ! BELLE RÉCEPTION !
FAUT PAS TE FORMALISER MON GARS !... CE SONT LES ORDRES DU PATRON !... PARAÎT QU'IL Y A DES ZIGOTOS QUI LUI CHERCHENT DES CROSSES !...
NOOON ! BELLE MENTALITÉ !
16B

ILS N'ONT PAS D'ARMES !
O.K.! VOUS POUVEZ Y ALLER !
MERCI !
AOW CHÉRIIII PRÊTEZ-MOÂ ENCÔRE MILLE DOLLARS ! JE SUIS COMPLÈTEMENT FAUCHÉÉÉÉE !
EH "LA POMPE"... REGARDE LES DEUX, LÀ... ILS ME SEMBLENT LOUCHES... DEPUIS QU'ILS SONT ENTRÉS, ILS N'ONT PAS ENCORE JOUÉ UNE SEULE FOIS
?!

TIENS-LES A L'OEIL !...
OUAIP ! POUR ÇA T'INQUIÈTE PAS !

FAITES VOS JEUX ! RIEN NE VA PLUS !
28 ! ROUGE PAIR ET MANQUE !

AIE L'AIR NATUREL, P'TIT !... J'AI L'IMPRESSION QU'ON NOUS OBSERVE !
JE SAIS, PATRON !... JE LES AI REPÉRÉS... DEUX GARS DU BALCON... JE M'EN OCCUPE !
EH, LA POMPE ! ILS SE SONT SÉPARÉS !... LE PLUS PETIT DES DEUX A DISPARU !
IMBÉCILE ! JE T'AVAIS DIT DE LES SURVEILLER !
IL FAUT LE RETROUVER !... SURTOUT NE PERDS PAS L'AUTRE DE VUE !...
EUH... QUEL AUTRE ??
HB

CRRRR CLAK!
?!
VLAF KRAK

MORDILO! ATTENTION!
CRÉ BON SANG!... TANT PIS, JE N'AÏ PAS LE CHOIX...
TAKATAKATAKA
KRAK

ABATTEZ-LE!..
QU'EST-CE QUE C'EST ?
OH! UNE BAGARRE, SANS DOUTE.
BOH! IL Y EN A TOUS LES JOURS, ICI! VOUS DÉSIREZ ?
DES DOLLARS!
COMBIEN?
TOUT!
QUE ? MAIS VOUS N'AVEZ PAS LE DROIT D'ENTRER ICI! C'EST INTERDIT!
NOOOON ?

ATTRAPEZ-LE !.. JE LE VEUX MORT OU VIF !
TAKATAKA
BON SANG !... POURVU QUE LE PATRON FASSE VITE !...
PIOOOOWWW
PIOOOOWWW
À CE RYTHME-LÀ, JE NE TIENDRAI PAS LE COUP LONGTEMPS !
KLING
TAKATAK
PIOOOWWW

MMMPH MMMPH..
SALUT, VIEUX, ET MERCI ENCORE !
VLAM !
AH ! TOUT DE MÊME !
KLING

IL A SAUTÉ PAR LA FENÊTRE !
POURSUIVEZ-LE ! QU'EST-CE QUE VOUS ATTENDEZ !?
TAKAKAKATAK
PIOOOWWW
TU EN AS MIS DU TEMPS, P'TIT !
AH ! BEN, MINCE ! VOUS EN AVEZ DE BONNES, VOUS, ALORS ! ...
PIOOOWW
TAKATAK
PAN
PAN
TROP TARD !
EUH... HM !... QUI EST-CE QUI TÉLÉPHONE AU PATRON ?
PAS MOI ! AH ! PAS MOI !

AÏE AÏE AÏE !
DRIIING DRIIING
LLO ?
ICI "LA POMPE", PATRON !... DEUX MABOULS NOUS ONT RENDU VISITE... MAIS SOYEZ TRANQUILLE, NOUS LES AVONS REÇUS AVEC UNE GICLÉE DE PLOMBS...
AH ! NFIN !
DES DÉGÂTS ?
BAH... IL Y A UNE CENTAINE DE TROUS À REBOUCHER, LES ESCALIERS À REFAIRE ET LES VITRES DES FENÊTRES À REMPLACER... AJOUTEZ À ÇA QUINZE CENTS KILOS DE PEINTURE ET SIX NOUVEAUX LUSTRES, ET IL N'Y PARAÎTRA PLUS ! ...
GLOPS ! PUISE CE QU'IL TE FAUT DANS LE COFFRE, ET RETAPE-MOI TOUT ÇA !... IL FAUT QUE TOUT SOIT PRÊT CE SOIR POUR ACCUEILLIR LA CLIENTÈLE !
AH ! J'OUBLIAIS DE VOUS DIRE... LE COFFRE EST INTACT, MAIS IL N'Y A PLUS RIEN DEDANS !

J'AI L'IMPRESSION QUE ÇA LUI EN A FICHU UN COUP, LES GARS !!
CLIK
PARAÎT QUE ÇA CHAUFFE DRÔLEMENT CHEZ LUCIANO IL EST AU BORD DE LA DÉPRESSION...
NON ?!
ET LE SÉNATEUR DANS TOUT ÇA ?
IL N'EN MÈNE PAS LARGE !.. EN TANT QU'ASSOCIÉ DE LUCIANO IL PERD DES MILLIERS DE DOLLARS DANS CETTE AFFAIRE !
TAP TAP TAP TAP
JE ME DEMANDE QUAND MÊME QUI SONT LES GARS COURAGEUX QUI OSENT AINSI LEUR TENIR TÊTE ?
C'EST MOI !
TAP TAP

HAHAHA! SACRÉ FARCEUR,
EH, ANDERSON, CE RAPPORT SUR LE CHEVAL D'O'CONNOR QUI A CREVÉ CETTE NUIT À CAUSE D'UNE EMBOLIE, ÇA SE TERMINE ?
PAF
VENEZ VOIR, VENEZ VOIR !.. ANDERSON, LE GRAND POLICIER QUI OSA S'ATTAQUER AU CÉLÈBRE LUCIANO !
PATIENCE... JE VOUS RÉSERVE UNE JOLIE SURPRISE UN DE CES JOURS !
TAP TAP TAP TAP
ET ALORS, MON GARS... CE RAPPORT, C'EST-Y QUE TU ME L'APPORTES OU C'EST-Y QUE JE VAIS LE CHERCHER MOI-MÊME, DIS ?
HAHA
OILA! VOILA, C'EST TERMINÉ !

MESSIEURS, L'HEURE EST GRAVE ! ON S'ATTAQUE À NOUS !... ON DÉTRUIT NOTRE ALCOOL, ON INCENDIE NOS DISTILLERIES !... ÇA DOIT CESSER !...
OUAIS !
BIEN DIT, BOSS !
AVANT, GRÂCE À CET IMBÉCILE DE SÉNATEUR, NOUS POUVIONS TRAVAILLER À VISAGE DÉCOUVERT ! À PRÉSENT, J'AI BIEN L'IMPRESSION QUE NOUS DEVRONS REVENIR À L'ANCIEN SYSTÈME : LA CLANDESTINITÉ !
BRAVO !
DÉSORMAIS, L'ENDROIT OÙ SE TROUVENT NOS DISTILLERIES SERA TENU SECRET ! MOI SEUL SERAI AU COURANT !
UNE QUESTION, PATRON...
OUAIP ?
IL FAUDRA BIEN METTRE LE PERSONNEL AU COURANT, ET PUIS LA CLIENTÈLE, ET PUIS LA POLICE, POUR QU'ELLE NE VIENNE PAS METTRE SON NEZ DANS NOS AFFAIRES, ET PUIS...
O.K. ! MAIS À PART ÇA, N'OUBLIEZ PAS ! ÇA DOIT RESTER SECRET !...
CLAP CLAP CLAP

QUELQUES JOURS PLUS TARD...
ÇA FAIT QUAND MÊME DU BIEN UN PEU DE REPOS PAS VRAI, P'TIT ?!
OH ! OUI ...AUX DERNIÈRES NOUVELLES LUCIANO CHANGEAIT TOUT SON SYSTÈME... FINI LA PROHIBITION AU VU ET AU SU DE TOUT LE MONDE ! C'EST DÉJÀ ÇA DE GAGNÉ !
JE ME DEMANDE POURQUOI ANDERSON NE NOUS A PAS ENCORE TÉLÉPHONÉ ?
OOH ! ÇA NE VA PAS TARDER !
BIEN SÛR !
ÇA VA DE SOI !
DRIING
DRIING
QU'EST-CE QUE JE VOUS DISAIS !
228
BEAUCOUP PLUS TARD...

FRANCHEMENT, JE ME DEMANDE POURQUOI ANDERSON NOUS A ENVOYÉS ICI, P'TIT !... C'EST PAS DU TOUT CE QU'IL Y A DE PLUS MARRANT !
IL A SÛREMENT SES RAISONS, PATRON !
23
DANS LE FOND, QUI EST MORT ?
HARRIS CLAY, HI HI HI HI HI !
QU'EST-CE QUI VOUS FAIT RIRE COMME ÇA ?
HI HI HI HI, PARCE QUE ÇA FAIT LA DOUZIÈME FOIS QUE JE VAIS À SON ENTERRE-MENT !
?

MAIS POURQUOI ME POSEZ-VOUS TOUTES CES QUESTIONS ? HEIN ? POURQUOI VOUS ME POSEZ TOUTES CES QUESTIONS ?
BEN...
J'AI COMME L'IMPRESSION QUE VOUS AVEZ GAFFÉ, PATRON !... À PRÉSENT, ILS ONT L'AIR DE SE MÉFIER DE NOUS...

HALTE, VOUS DEUX ! VOUS N'ÊTES PAS DE LA FAMILLE... ALORS HOP !... DU BALAI !
?!
AH ! BEN ÇA ! ELLE EST RAIDE, CELLE-LÀ !
EH, PATRON !... VOUS NE TROUVEZ PAS ÇA ÉTRANGE, VOUS ? PERSONNE N'A LE DROIT DE NOUS INTERDIRE L'ENTRÉE DU CIMETIÈRE !!
?
ET PUIS JE NE SAIS PAS SI VOUS AVEZ REMARQUÉ, MAIS LE TYPE À L'ENTRÉE NE S'EST MÊME PAS DÉCOUVERT AU PASSAGE DU CORBILLARD !
MAIS C'EST VRAI, ÇA !
24 A

À MON AVIS, IL Y A QUELQUE CHOSE DE LOUCHE LÀ-DESSOUS !
VIENS, P'TIT... JE VEUX EN AVOIR LE COEUR NET !

MAIS ?!... MAIS ...
DISPARUS !?
24
CHHHHT ! ÉCOUTEZ !...
ÇA SORT D'ICI !
MINCE !

IMPOSSIBLE D'OUVRIR !... POURTANT IL DOIT BIEN Y AVOIR UNE ENTRÉE ...
KLAK
CRÎÎÎÎ
C'EST CURIEUX, J'AURAIS POURTANT JURÉ ENTENDRE DES VOIX !
DES SQUELETTES QUI DISCUTAIENT SANS DOUTE, HAHAHA !
DIS PAS ÇA HOWARD ! ÇA ME FICHE DES FRISSONS !
C'EST IDIOT DE BATTRE AINSI EN RETRAITE !
NOUS REVIENDRONS, CROIS-MOI P'TIT !

DEUX JOURS PLUS TARD...
BOUHOUHOUH ... BOUOUOUH
SNIF SNIF

VOUS AVEZ DU RETARD, AUJOURD'HUI !
NOUS AVONS ÉTÉ PRIS DANS UN EMBOUTEILLAGE !
AMENEZ LE CERCUEIL, VOUS DEUX !
ALLEZ, DESCENDEZ ! PLUS VITE !

HEEE ! PSSST !
PAF
ALORS VOUS DEUX, ÇA VIENT ?
VOILÀ VOILÀ !

VOUS EN AVEZ MIS DU TEMPS !
POSEZ ÇA LÀ... EH ! MAIS...!?... MAIS VOUS N'ÊTES PAS...
PAF
KLOP
CRRRRRR
OUVRE-MOI CETTE CAISSE ! JE SUIS CURIEUX DE SAVOIR CE QU'ILS TRIMBALENT...
MOI AUSSI !

MA PAROLE MAIS C'EST UN VRAI MACCHABÉE !
A PREMIÈRE VUE, OUI !.. MAIS EN Y REGARDANT BIEN IL S'AGIT D'UN MANNEQUIN PATRON !
PFIOUUU ! J'AIME MIEUX ÇA !
HIPS ! HO !? DES NOUVEAUX ! BEN ALORS, VOUS VENEZ OU QUOI ?!

AH BON ! HIPS ! JE...JE VAIS VOUS ANNONCER !
ON VIENT MON GARS ! ON VIENT !
C'EST ÇA !
UN INSTANT DE SILENCE ! HIPS ! POUR LES NOUVEAUX VENUS...HIPS !... SOUHAITONS-LEUR LA BIENVENUE AU ROYAUME DES MORTS ET LEVONS HIPS NOTRE VERRE À LEUR SANTÉ !
24B

HIPS ! BEN QUOI ! QU'EST-CE QUE ZÉ... HIC... J'AI ENCORE DIT !?...

PRÊT P'TIT !?
CLIK
PRÊT PATRON !
OH ! ME CENSURÉ
ALORS BANZAÏ !
TAKATAK
BANZAÏ !!
BRRR ! C'EST FOU CE QUE ÇA A L'AIR TERRIFIANT UN CIMETIÈRE...
HAHAHA ! LES FEMMES SONT TOUTES LES MÊMES !
RIEN N'EST PLUS CALME QU'UN CIMETIÈRE !... SES HABITANTS NE FONT JAMAIS DE MAL À PERSONNE !
GEORGES, OÙ VAS-TU ?
VIENS DONC GOÛTER LE CALME, LA PAIX ET LE SILENCE QUI RÈGNENT EN CES LIEUX...
GEORGES ! REVIENS !

AAAAA
ÏÏÏÏÏÏÏÏÏ
TAKATAKA
AAAAAAH
MATHILDE ! MATHILDE ! VIENS, NE RESTONS PAS ICI, CHÉRIE !... CHÉRIE !?...
BLAF

O.K., P'TIT !... ON PEUT SE TIRER ! IL NE RESTE PLUS GRAND CHOSE A' DÉTRUIRE ICI DEDANS !
CLAP CLAP
TAP TAP TAP
?
NON ! NOOOON ! NE NOUS TOUCHEZ PAS !
?
HÉ HÉ HÉ !
ARRIÈRE ARRIÈRE, SPECTRES MAUDITS ! RETOURNEZ DANS VOTRE TOMBE !
RAAAAA !
OUAAAH !

OH ! PATRON VOUS N'AVEZ PAS HONTE !?
NON ! EH EH EH !
DRIIING DRIIIING
ALLO !?
"ILS" ONT DÉCOUVERT LA "CACHE" !?
OUI OUI OUI !
QUELQUE CHOSE QUI NE VA PAS ?
ZZZZZZ ZZZZZZ ZZZZZZ ZZZZZ !

BOOOOOOO
BEN ALORS, PATRON?
LUCIANO! VOYONS!... UN GRAND GANGSTER COMME VOUS! VOUS N'AVEZ PAS HONTE!
C'EN EST TROP! CETTE FOIS, J'ABANDONNE!... SGNIF!... ILS SONT LES PLUS FORTS!
AH NON! AH NON!
J'AI ENGAGÉ TROP DE DOLLARS DANS CETTE HISTOIRE!... JE NE VEUX PAS LES VOIR S'ENVOLER COMME ÇA SANS RIEN DIRE OU FAIRE!
30A
NOUS ALLONS LEUR TENDRE UN PIÈGE!... OUAIS! C'EST ÇA! NOUS ALLONS LEUR TENDRE UN PIÈGE
AH OUAIS!? ET COMMENT, ÇA SGNIF?

SNIF
SNIF
LANÇONS-LEUR UNE FAUSSE INFORMATION !...
... OU FAISONS-LEUR CROIRE À UNE SOI-DISANT DISTILLERIE CLANDESTINE À UN ENDROIT BIEN DÉTERMINÉ ! QUAND ILS Y RENDRONT VISITE, ILS TOMBERONT SUR VOS HOMMES !...
OUAIS, OUAIS, BIEN RAISONNÉ, SÉNATEUR ! JE ME CHARGE PERSONNELLEMENT DE LES ACCUEILLIR ! ILS VONT SAVOIR CE QU'IL EN COÛTE DE S'ATTAQUER AU GRAND LUCIANO !
BRAVO !
ENCORE UNE QUESTION : OÙ DISTILLERONS-NOUS L'ALCOOL PENDANT CE TEMPS !?
CHEZ MOI !... QUI PENSERAIT JAMAIS QU'UN SÉNATEUR ÉLU PAR LE PEUPLE ENFREINT LA LOI AU NEZ ET À LA BARBE DE SES ADMINISTRÉS !?
BRAVO, MON VIEUX ! ÇA FAIT DU BIEN DE CONSTATER QUE LES ESPRITS LES PLUS VILS ET TORTUEUX QU'ON PUISSE TROUVER EN CE BAS MONDE NE SE TROUVENT PAS CHEZ LES GANGSTERS, MAIS CHEZ LES POLITICIENS !
AH ? PARCE QUE VOUS NE LE SAVIEZ PAS ENCORE ?

DEUX JOURS PLUS TARD...
INTERDICTION À TOUS LES HOMMES DE SILLONNER LE SECTEUR L, ORDRE DU SÉNATEUR ! PARAÎT QUE LUCIANO Y A INSTALLÉ SES PÉNATES...
DRÔLEMENT TÊTU, LE LUCIANO ! MOI, APRÈS LE COUP DU CIMETIÈRE, J'AURAIS ABANDONNÉ !
EH, ANDERSON, QUAND EST-CE QUE TU TE DÉCIDES À L'ARRÊTER, TON SÉNATEUR ?...
IL ATTEND LA BONNE OCCASION ! ENTRE DEUX RAPPORTS. PAS VRAI, ANDERSON ? HAHAHA...
BANDE DE MINABLES !
SECTEUR C... ÇA DOIT ÊTRE ICI, PATRON ! ENTRE LA VINGT ET UNIÈME ET LA QUARANTE-HUITIÈME AVENUE...
O.K. ! RESTE À TROUVER L'ENDROIT OÙ ILS FABRIQUENT LEUR COCHONNERIE DE GNOLE !
MAX

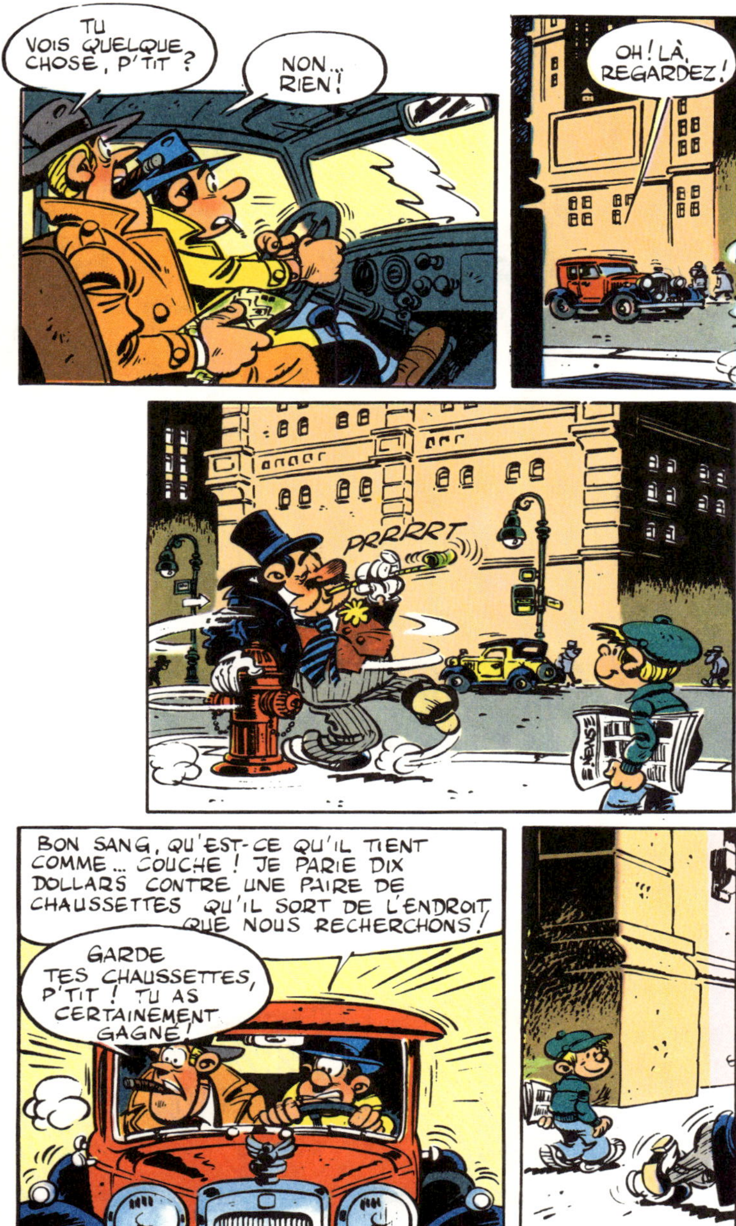
TU VOIS QUELQUE CHOSE, P'TIT ?
NON... RIEN !
OH ! LÀ, REGARDEZ !
PRRRRT
BON SANG, QU'EST-CE QU'IL TIENT COMME... COUCHE ! JE PARIE DIX DOLLARS CONTRE UNE PAIRE DE CHAUSSETTES QU'IL SORT DE L'ENDROIT QUE NOUS RECHERCHONS !
GARDE TES CHAUSSETTES, P'TIT ! TU AS CERTAINEMENT GAGNÉ !

QU'EST-CE QU'ON FAIT?
ARRÊTE-TOI, ON VA LUI POSER QUELQUES QUESTIONS...!
31B
EH, PSSST! OH!
MMGNÉMGGNÉ HIPS...?
BROOOM

SOIS SANS CRAINTE, IVROGNE ! ON VOUDRAIT SEULEMENT TE POSER UNE OU DEUX QUESTIONS...!
HA !? HOUPS !... BEN, J'AIME MIEUX ÇA...
DIS DONC, MON GARS ! JE VAIS TE DONNER UN BON CONSEIL : RECOMMENCE ENCORE CE MACHIN-LÀ, ET JE TE LE FAIS AVALER !... VU ?
HOUPS !
BON, À PRÉSENT, PASSONS AUX CHOSES SÉRIEUSES ! D'OÙ VIENS-TU ?
DE LÀ-BAS !
DE OÙ, LÀ-BAS ?
DE LÀ-BAS, LÀ-BAS !...
HIPS
BAR
US
PEU APRÈS...
BOX
VOILÀ ! C'EST ICI !...
ICI !?
IL SE FICHE DE NOUS, CE N'EST PAS POSSIBLE !
ATTENTION TRAVAUX

DANS LES ÉGOUTS ! FAUT VRAIMENT ÊTRE TORDU POUR FABRIQUER DE L'ALCOOL DANS DES ENDROITS PAREILS !
Z'AI ENCORE ENVIE D'UNE BONNE LAMPÉE ! HIPS... VENEZ, C'EST MA TOURNÉE !...

POUAH ! QUELLE PUANTEUR...
S'IL S'EST FICHU DE NOUS, JE LUI FAIS UNE TONSURE !

ALORS !? OÙ EST-CE ?
LÀ !
?
TU NE VAS TOUT DE MÊME PAS NOUS FAIRE CROIRE QU'ON VEND DE L'ALCOOL DANS UN ENDROIT AUSSI DÉGUEULASSE, DIS, DIS ?!?
HÉ HÉ HÉ HÉ !
VOUS AVEZ RAISON, MESSIEURS ! ON NE VEND PAS D'ALCOOL ICI.
?
LUCIANO !
LUI-MÊME !

OH! TOI, ON NE TE DEMANDE PLUS RIEN! VU ?
PAF
ENCORE UN GESTE DE CE GENRE-LÀ, ET MES HOMMES VOUS TRUFFENT DE PLOMB. FOUILLE-LES, MURILO !
FAITES PAS L'ANDOUILLE, PATRON : ILS N'ONT PAS L'AIR DE PLAISANTER !
ET MAINTENANT, ON VA DISCUTER UN PEU ! VOUS ALLEZ TOUT ME DIRE... SI VOUS TRAVAILLEZ SEULS OU POUR LE COMPTE DE QUI ...
DES NOIX!
ET TOC !

OUAIP, VOUS VOULEZ JOUER LES HÉROS ! O.K. ! COMME VOUS VOULEZ ! MOI, JE NE SUIS PAS PRESSÉ ! TÔT OU TARD, VOUS DEVIENDREZ AUSSI BAVARDS QUE DES CONCIERGES... ALLEZ-Y VOUS AUTRES
AOUCH
ET VOUS CROYEZ QU'ON VA SE LAISSER FAIRE ? ALLEZ HOPS, P'TIT, ON FILE !
JE VOUS SUIS, PATRON !
NE LES LAISSEZ PAS S'ÉCHAPPER !

PAF
PLOUF

TAKATAKAKAKA

NE FAITES PAS L'IMBÉCILE ! VOUS N'AVEZ AUCUNE CHANCE !
ON POUVAIT TOUT DE MÊME ESSAYER, NON ?

PEU APRÈS...
À CERTAINES HEURES, L'EAU MONTE JUSQU'À CETTE LIMITE... AUTREMENT DIT, VOUS AUREZ LA TÊTE SOUS L'EAU...
SI ON PEUT APPELER ÇA DE L'EAU... BEUERK !

D'ICI LÀ, VOUS AVEZ TOUT LE TEMPS DE RÉFLÉCHIR ! OU VOUS PARLEZ, OU VOUS PÉRIREZ NOYÉS COMME DES RATS...
SI D'ICI LÀ VOUS NE MOUREZ PAS ASPHYXIÉS ! L'AIR EST QUASI IRRESPIRABLE, ICI ! HAHAHA ! VENEZ, VOUS AUTRES !
ALDO, LA POMPE, MORDILO, VOUS SURVEILLEREZ LA SORTIE ! S'ILS SE DÉCIDENT À PARLER, VOUS M'AVERTIREZ !
O.K., BOSS !

BIENTÔT...
ILS NE RISQUENT PAS DE S'ÉCHAPPER ! NOUS AVONS BLOQUÉ TOUTES LES AUTRES ISSUES !
PARFAIT ! CINQ DOLLARS QUE D'ICI UNE HEURE, ILS NOUS SUPPLIERONT POUR PARLER !
EH BIEN, NOUS VOILÀ FRAIS !
T'AS DE CES MOTS, P'TIT, J'TE JURE !
CETTE FOIS, LES CAROTTES SONT CUITES ! IL FAUDRAIT UN MIRACLE POUR NOUS SORTIR D'ICI !
SI AU MOINS ON POUVAIT AVERTIR ANDERSON...
GLOUGLOUGLOU

CEPENDANT..
ÇA Y EST, LES GARS ! LUCIANO A MIS LA MAIN SUR LES DEUX ZIGOTOS !
MAIS COMMENT ?...
QUOI !?
REWARD
IL LEUR A TENDU UN PIÈGE, ET CES DEUX IDIOTS ONT FONCÉ DEDANS TÊTE BAISSÉE.
LE SÉNATEUR DOIT ÊTRE RAVI...
ET LES DEUX TYPES !?
OUAIS, IL CROYAIT QUE L'INDICATEUR SE TROUVAIT PARMI NOUS ! AUSSI IL VOUS OFFRE À DÉJEUNER POUR SE FAIRE PARDONNER.
QUELS DEUX TYPES !?... AH ! LES DEUX IDIOTS ! BORF, TANT PIS POUR EUX ! ILS N'AVAIENT PAS À SE MÊLER DE SES AFFAIRES !
MAIS ON NE VA TOUT DE MÊME PAS LES LAISSER ABATTRE !

ÉCOUTEZ-MOI BIEN, ANDERSON! NE VOUS MÊLEZ SURTOUT PAS DE ÇA! SI VOUS VOULEZ UN JOUR AVOIR DE L'AVANCEMENT, FAITES COMME MOI. RIEN VU, RIEN ENTENDU! COMPRIS?
ET MAINTENANT, HOPS, TOUT LE MONDE CHEZ LE SÉNATEUR! ON VA SE FARCIR UN DE CES GUEULETONS DONT VOUS ME DIREZ DES NOUVELLES...
JE N'Y VAIS PAS! J'AI PAS FAIM!
EUH, MOI NON PLUS, INSPECTEUR! JE VIENS JUSTE DE DÉJEUNER.
?!
J'AI OUBLIÉ DE VOUS DIRE QUE MA FEMME VIENT JUSTE DE TÉLÉPHONER ET...

IMBÉCILES ! VOUS AVEZ DES SCRUPULES, HEIN ? C'EST ÇA ? EH BIEN, MOI, JE M'ASSIEDS SUR MES SCRUPULES ! AVOIR SES POCHES BIEN GARNIES, TOUT EST LÀ ! LE RESTE, JE M'EN FICHE !
CHI
VLAM
CHIEF
PAUVRE TYPE...
OUAIS, C'EST VRAIMENT PAS BEAU, DES MECS COMME ÇA !
CHIEF
EH, DITES, VOUS VOULEZ M'AIDER ?
IL FAUT SAUVER CES DEUX HOMMES ! S'ILS EN SONT LÀ, C'EST DE MA FAUTE ! C'ÉTAIT MOI L'INDICATEUR !
AH ! NON, HEIN, TU NE VAS PAS RECOMMENCER !

ON DIRAIT QUE L'EAU MONTE, PATRON !
JE NE SUIS PAS AVEUGLE, P'TIT !
AINSI VOUS NE VOULEZ PAS ME CROIRE ! BON, J'IRAI SEUL.
37A
DIS-MOI, TU NE TROUVES PAS QU'IL AVAIT L'AIR DRÔLEMENT SÉRIEUX !?
TU NE VAS TOUT DE MÊME PAS CROIRE QUE C'EST LUI QUI...
VLAM
EH ! OÙ VAS-TU ?
ET POURQUOI PAS, APRÈS TOUT ?.. J'EN AURAI LE COEUR NET !
VROOOOOM
POLICE
POLICE

JE VAIS LE SUIVRE !
ATTENDS-MOI ! JE VIENS AVEC TOI !
37B
PÎOUÎOUÎOU
54
POLICE
BOX
ATTENTION TRAVAUX

PIOUOUOUOU
?
LA POLICE !? QUE VIENT-ELLE FAIRE PAR ICI ?
TE FRAPPE PAS, LA POMPE ! ILS DOIVENT ÊTRE AU COURANT.
PIOUOUOU
BOX
LES MAINS EN L'AIR, CANAILLES ! OÙ SE TROUVENT MES HOMMES !?

QU'EST-CE QUI TE PREND, FLIC ? TU VEUX JOUER LES HÉROS ?
T'OCCUPE PAS ! CE SONT MES AFFAIRES ! ALORS, OÙ SONT-ILS ?
LÀ-DEDANS ! MAIS JE DOUTE QU'ILS SOIENT ENCORE VIVANTS FLIC ! HÉHÉ !
BON SANG, JE L'ESPÈRE POUR VOUS, OU JE VOUS DESCENDS TOUS COMME DES CHIENS !

VOUS ! DIEU SOIT LOUÉ !
MAINS EN L'AIR ! LE PREMIER QUI BOUGE DEVRA SE REFAIRE UNE BEAUTÉ, VU ?!
VAS-Y ANDERSON ! ON LES TIENT À L'OEIL !
SAMMY ! JACK ! OÙ ÊTES-VOUS ?!
ANDERSON ! PAR ICI, VITE !

MINCE ! J'ARRIVE À TEMPS !
GROUILLE-TOI, NOM DE NOM ! ON EN A DÉJÀ PLEIN LES NARINES !
BEUÊRK ! VOUS NE SENTEZ PAS LA ROSE !
BLUB BLUB
QUE VEUX-TU QUE NOUS SENTIONS DANS UN TRUC PAREIL ? LES MYOSOTIS ?
39A
ALLONS, ALLONS, P'TIT ! ÇA NE TE SUFFIT PAS D'ÊTRE DEDANS ? IL TE FAUT ENCORE Y GOÛTER !
BLUB BLUB

ALORS, ANDERSON ?
ÇA VA ! ILS SONT VIVANTS
O.K. !
EH, LA POMPE, C'EST LE MOMENT OU JAMAIS !
BANG
39B

PLUS VITE, MORDILO ! PLUS VITE, BON SANG !
BOX
POLICE
BOX
POLICE
PAW PAW
VROAAAM

LA POMPE !
HAAAA!
40A

BWAM

POLICE

BANG
POLICE
ALLONS, SOYEZ BEAU JOUEUR ! C'EST PAS TOUS LES JOURS QU'ON RÉUSSIT UN COUP COMME ÇA !
BEN, ALLEZ-Y ! VOUS VOUDRIEZ PEUT-ÊTRE QU'ON VOUS FÉLICITE ?!
40E
PEU APRÈS...
VINGT-CINQ SEAUX D'EAU, DOUZE KILOS DE SAVON ! BEN, LES GARS, VOUS ÊTES EN TRAIN DE BATTRE TOUS LES RECORDS DE PROPRETÉ !

AH! J'OUBLIAIS. ON VIENT D'APPORTER DIX LITRES DE DÉSODORISANT ! JE VOUS LES EMBALLE OU VOUS LES CONSOMMEZ TOUT DE SUITE ?
ILS SONT LÀ ?
OUI MAIS, FAIS GAFFE ! ILS NE SONT PAS À PRENDRE AVEC DES PINCETTES !
LAVATORIES
BONNE NOUVELLE ! J'AI ENFIN TROUVÉ LE MOYEN DE COINCER LE SÉNATEUR DOUGLAS HAWOMING !
NOOON ?!
41A

PENDANT QUE VOUS FAISIEZ TREMPETTE, JE ME SUIS OCCUPÉ DES TROIS CAÏDS QUE NOUS AVONS COFFRÉS ! ILS M'ONT DIT OÙ ÉTAIT INSTALLÉE LA PLUS GROSSE DISTILLERIE CLANDESTINE DE LUCIANO !
AH !?
CHEZ LE SÉNATEUR LUI-MÊME ! QUI AURAIT PENSÉ À ÇA ? MESSIEURS, LE RÈGNE DU DOLLAR EST TERMINÉ ! NOUS ALLONS FRAPPER UN COUP TERRIBLE !
J'ESPÈRE QUE VOUS SEREZ DE LA FÊTE !?
TU PARLES !
PLUS TARD...
DELING DELING
VOILÀ VOILÀ
QUI EST-CE, ALBERT ?

MESSIEURS JACK ATTAWAY ET SAMMY DAY!
TAKATAKATAK
BAS LES PATTES, VOUS DEUX!

MESSIEURS, QUI QUE VOUS SOYEZ, JE VOUS SOMME DE SORTIR, OU J'APPELLE LA POLICE...!
TE FATIGUE PAS, MON GROS, ELLE EST LÀ!
ALLEZ-Y, LES GARS! CASSEZ TOUT S'IL LE FAUT, MAIS IL FAUT TROUVER L'ENDROIT OÙ CES CANAILLES DISTILLENT LEUR ALCOOL!
BRAVO, INSPECTEUR! JOLI TRAVAIL!
MAIS... MAIS JE NE COMPRENDS PAS! JE... JE N'AI PAS DONNÉ D'ORDRE!...

ALORS QU'EST-CE QUE VOUS ATTENDEZ POUR EN DONNER !? JE VEUX QU'ILS QUITTENT MA MAISON, SUR-LE-CHAMP ! VOUS ÊTES LEUR CHEF OU QUOI ?
EUH... OUI, MONSIEUR LE SÉNATEUR !
ANDERSON, JE VOUS SOMME...
ENCORE UN MOT, INSPECTEUR, ET ENTRE LA MORT DE CE BRAVE LOUIS XVI ET LA VÔTRE, IL N'Y AURA AUCUNE DIFFÉRENCE. VU ?
OOOH ! EST-CE QU'ON RÉPOND AINSI À SON CHEF, MAINTENANT !?
KRAAAK
OH NOOOON !

ÇA Y EST, ANDERSON ! NOUS AVONS TROUVÉ !
FAITES ENTRER LES AUTRES !
COMMENT ? QUELS AUTRES ? MAIS C'EST MA MAISON, ICI, PAS UNE BARAQUE FORAINE !
OH NON ! NOOON ! NOOOOOON !
J'AI L'IMPRESSION QUE TON RÈGNE EST FINI, LUCIANO !
OH ! ÇA VA ! ÇA VA !

EMBARQUE TOUT CE JOLI MONDE À LA CENTRALE, JACK, JE VOUS REJOINDRAI PLUS TARD ! JE M'OCCUPE DE LA PRESSE !
O.K. PAR ICI, TOUT LE MONDE...
PLUS TARD...
OUI, MONSIEUR, CENT MILLE EN PLUS ! BIEN, MONSIEUR !...

ET LE LENDEMAIN...
DEMANDEZ LE "CHICAGO TRIBUNE"! LUCIANO ET SA BANDE SOUS LES VERROUS ! LE SÉNATEUR DOUGLAS HAWOMING IMPLIQUÉ DANS UN TRAFIC D'ALCOOL ET UNE AFFAIRE DE CORRUPTION !
WORLD
ONE WAY
CHICAGO SOIR ! APPEL AU SÉNAT ! LE SÉNATEUR DOUGLAS HAWOMING DÉMIS DE SES FONCTIONS ! ÉPURATION DANS LES SERVICES DE LA POLICE ! L'INSPECTEUR PRINCIPAL PATTERSON MIS À LA RETRAITE !
MAYFAN
STORM
VAUDEVILLE
NEWS REEL
NEWSREEL
44A

IL PARAÎTRAIT QU'ANDERSON A REPRIS LE POSTE DE PATTERSON, EN TANT QU'INSPECTEUR PRINCIPAL !
JE SUIS CONTENT POUR LUI ! IL MÉRITAIT DE L'AVANCEMENT...
PANG
ON A RECONNU QU'IL AVAIT DU MÉRITE ?...
BAH, CE N'EST PAS TOUT À FAIT ÇA, P'TIT !
IL EST ALLÉ SIMPLEMENT TROUVER LE NOUVEAU SÉNATEUR ÉLU HOWARD PALENCE ET IL LUI A OFFERT QUINZE CENTS DOLLARS... NOTE QUE POUR ÊTRE ÉLU, HOWARD AVAIT PAYÉ DIX MILLE DOLLARS ...TU SAISIS ?
OH OUI !
IL Y A ENCORE BEAUCOUP À FAIRE, HEIN, PATRON !?
BEAUCOUP, P'TIT ! SANTÉ !
TINCK
FIN
44 B
BERCK 74.

DÉJÀ PARUS DANS LE LIVRE DE POCHE

2000 **RADIO LUCIEN** par Margerin
2001 **L'INCAL NOIR** par Moebius & Jodorowsky
2002 **LÉA** par Rossi & Letendre
2003 **LÉON VAN OUKEL S'EN TIRE TOUJOURS** par Van den Boogaard & Schippers
2007 **EXTERMINATEUR 17** par Bilal & Dionnet
2018 **LES 7 PÉCHÉS CAPITAUX** par J.-C. Denis
2008 **HISTOIRE D'AMOUR** par Konk
2019 LES NAUFRAGÉS DU TEMPS - 1 : **L'ÉTOILE ENDORMIE** par Gillon & Forest
2010 **CHEZ LUCIEN** par Margerin
2020 **BLITZ** par Floc'h & Rivière
2004 **EDMOND LE COCHON** par Rochette & Veyron
2029 ARNO - 1 : **LE PIQUE ROUGE** par Juillard & Martin
2013 **L'INCAL LUMIERE** par Moebius & Jodorowsky
2025 **TONTON MARCEL CAPITAINE D'INDUSTRIE** par R. Franc
2038 RAHAN : **LE CLAN SAUVAGE** par Chéret & Lécureux
2021 LES NAUFRAGÉS DU TEMPS - 2 : **LA MORT SINUEUSE** par Gillon & Forest
2011 **VOTEZ ROCKY** par Margerin
2049 **LE BARON NOIR - 1** par Got & Pétillon
2034 **CŒURS DE SABLE** par Loustal & Paringaux
2058 SPIROU ET FANTASIO : **Z COMME ZORGLUB** par Franquin
2057 SAMMY : **LES GORILLES ET LE ROI DOLLAR** par Berck & Cauvin
2052 LES TUNIQUES BLEUES : **LA PRISON DE ROBERTSONVILLE** par Lambil & Cauvin
2039 RAHAN : **L'ÎLE DES MORTS-VIVANTS** par Chéret & Lécureux
2053 **LUC LEROI REMONTE LA PENTE** par J.-C. Denis

Achevé d'imprimer par Ouest Impressions Oberthur - 35000 Rennes
ISBN 2.731.60623.1 - Dépôt légal imprimeur n° 8193

41/2057/2